Loriot's Kleine Hausbibliothek

Der gute Ton

Das Handbuch feiner Lebensart in Wort und Bild

von

Loriot

Diogenes

Die Erstausgabe erschien 1957
im Diogenes Verlag

www.diogenes.ch
10/23/71/4
ISBN 978 3 257 51009 6

Inhalt

Vorwort

Diese Aufzeichnungen sind nur für den ganz kleinen Kreis von Herrschaften bestimmt, deren Umgangsformen noch nicht von jener letzten Elegance gekennzeichnet werden, die heute schon breitesten Bevölkerungsschichten zur Selbstverständlichkeit geworden ist. Wenn ich mich dennoch entschließe, das Werk der Öffentlichkeit und damit einer großen Leserschaft zugänglich zu machen, geschieht es, um dem gegenwärtig verbreiteten Bedürfnis nach intimer Bildungsliteratur zu entsprechen.

Darüber hinaus war ich bemüht, Fragen anzuschneiden, die unter bereits Gebildeten aus falscher Scham oft unerörtert bleiben. Ich erinnere nur an die gerade bei Jugendlichen häufig auftretende Unsicherheit gegenüber weiblichen Einbrechern. Auch leben viele sozial besser gestellte Menschen in quälendem Zweifel über das korrekte Verhalten bei Duellen. So mag das vorliegende Buch auch für jene von Interesse sein, deren Benehmen zwar als fein, aber noch nicht als vollendet zu bezeichnen ist.

Dem aufmerksamen Leser wird eine gewisse Unvollständigkeit in der Behandlung moderner

Themen auffallen, zum Beispiel ›Das weltmännische Verhalten bei Detonationen atomarer Projektile in Entfernungen von vier Metern und darunter‹. Man halte sich vor Augen, daß der Verfasser mit solchen und ähnlichen Gebieten noch zu wenig vertraut ist, um wirklich Gültiges darüber sagen zu können.

An dieser Stelle sei der Illustrierten Quick gedankt, die ihre Spalten zum Vorabdruck der folgenden Blätter in selbstloser Weise zur Verfügung stellte.

Mein Dank gilt ferner dem Diogenes Verlag und einem Herren, dessen Name mir entfallen ist.

München, im Sommer 1957

LORIOT

I. KAPITEL

Drinnen

Bei Tische

Hemmen Sie nicht den Ablauf des Essens durch unnötiges Zögern. Nur blitzschnelles Zugreifen sichert Ihnen die besten Stücke und beweist der Hausfrau, daß Sie sich wohl fühlen. Daher oberstes Gesetz für jedes Dinner: *Sei lebhaft.*

A

B

C

D

A. Falsch, die Kartoffel gehört auf die Gabel.

B. Sie haben die Bratgabel behalten. Es empfiehlt sich, sie unauffällig zurückzulegen.

C. Das wollen wir nicht mehr sehen. Beim Essen gehören beide Hände auf den Tisch.

D. Diese in allen Ländern, außer in Venezuela, übliche Geste bedeutet ›Nein, danke‹ oder ›Mir ist schlecht‹.

FALSCH

AUCH FALSCH

Übertriebener Tafelschmuck läßt nicht die richtige Stimmung aufkommen. Zu strenge Dekorationen verraten zwar Stilgefühl, verhindern aber auch die erwünschte Ausgelassenheit.

Ein Fleck auf der Hose ist kein Beinbruch. Beinkleid flach auf den Tisch legen. Lauwarmes Wasser auftupfen. Kleinen Teller unterschieben. Butterflecke gehen mit Teer aus.

Merke: *Scham verrät Unsicherheit!*

Krebse, die lebend auf den Tisch kommen, lassen bei den Gastgebern unzulängliche Kenntnisse in Küchendingen oder übertriebene Tierliebe vermuten. Meistern Sie Ihr Erstaunen trotz schmerzhafter Verstümmelungen und helfen Sie mit einem Scherzwort über die peinliche Situation hinweg.

Bananen verraten Ihre Kinderstube. Figur A zeigt das Essen einer Banane im Windsor-Stil. Es ist die einzig mögliche Art. Von der Unsitte, Bananen in einem Stück zu verzehren, ist wegen der unschönen Gesichtsverformungen abzuraten (Figur B). Kunststücke beim Essen nur im engsten Familienkreis (Figur C). Ungeschälte Bananen auf Brot verschaffen Ihnen den Ruf der Originalität, sonst nichts (Figur D).

Entspricht eine Speise nicht Ihrem Geschmack, widerstehen Sie der Versuchung, sie rasch aus dem Mund zu nehmen. Hinter einer Tageszeitung neueren Datums können Sie diskret machen, was Sie wollen.

1 2 3

Als Redner sind Sie immer beliebt. Sollten Sie sich schon vor Ihrer Ansprache den Magen überladen haben, öffnen Sie als Mann von Welt den Gürtel (Abb. 1). Dem Schüchternen hilft ein Tropfen Alkohol schnell zum erwünschten Kontakt mit den Angesprochenen (Abb. 2). Scherzhafte Einlagen stempeln Sie binnen kurzem zur Stimmungskanone (Abb. 3).

Wenn Sie ausschließlich am Essen teilzunehmen beabsichtigen, da Sie das anschließende gesellige Beisammensein langweilt, gilt das Verhalten wie in Schnellimbissen. Der Kavalier legt seinen linken Handschuh ab.

Kleidung und Schmuck

Im Frack sind Sie immer richtig angezogen. In diesem Falle verwischen allerdings zu lange Schöße einen zunächst guten Eindruck und kennzeichnen den Snob. Orden und Ehrenzeichen läßt man sich nur zur eigenen Beerdigung voraustragen. Darunter zwei Beispiele, wie man in der Kleidung persönlichen Einfällen Raum geben kann, ohne bürgerliche Konventionen zu sprengen.

9 UHR

17 UHR

21 UHR

Schmuck ist keine Frage des Einkommens, sondern der Tageszeit. Auch für den schmalen Geldbeutel gibt es da schon hübsche Kleinigkeiten zwischen 8000 und 10000 DM. Abends ist die Ausstattung reichhaltig, aber dennoch unauffällig. Die Abbildungen mögen zur Anregung dienen.

Führen Sie bitte bei offiziellen Anlässen niemanden durch das Herumliegenlassen einzelner Schmuckstücke in Versuchung, da gerade geringfügige Diebstähle die Karriere eines Politikers ungünstig beeinflussen können.

Ich respektiere die verbreitete Gewohnheit, statt langer Unterhose lieber ein hartnäckiges Leiden in Kauf zu nehmen. Aber es gibt eine reizvolle Möglichkeit, dieses Kleidungsstück zum i-Tüpfelchen des Abendanzuges zu machen, die auch bei Herren des Auswärtigen Amtes weitgehend unbekannt ist: Lange Unterhosen können in feinem Zusammenklang mit den Manschetten einen Fingerbreit aus den Hosenbeinen heraussehen. Wie farblos wirkt der Herr links, dem durch das Tragen kurzer Unterhosen dieser Effekt versagt bleibt.

Intime Beziehungen

Bevor Sie im Haar Ihres Auserwählten zu wühlen beginnen, vergewissern Sie sich, ob er noch ausreichend mit solchem versehen ist. Rechts: Besser geeignete Objekte. Bei Nummer 2 ist jedoch Zurückhaltung geboten.

In der Öffentlichkeit sind direkte Aussprachen oft nicht ratsam. Die abgebildete Dame bedient sich einer Rose zu diskreter Verständigung.

A: Ich liebe Sie.
B: Das hätte mein Mann hören sollen!
C: Sie sind mir unangenehm.
D: Können Sie mir 20 Pf. pumpen?

Häufig mißlingt der Griff nach der Brieftasche gerade bei jungen Ehefrauen. Über dieses heikle Thema sollte man offen sprechen. Hier wirken sich schon Nuancen entscheidend auf die eheliche Harmonie aus.

FALSCH RICHTIG

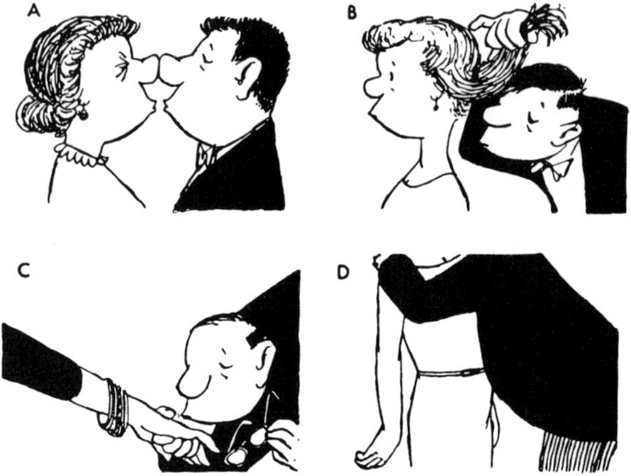

Der Kuß als geselliges Ausdrucksmittel ist aus dem Salon nicht mehr wegzudenken.

A. Falsch, Sie erregen zwar Aufsehen, verraten aber wenig Erfahrung.

B. Diese Form gilt als pikant, findet jedoch nur in Augenblicken zügelloser Fröhlichkeit (Betriebsfeste und dergleichen) Beifall.

C. Falsch, beim Handkuß Brille nicht abnehmen. Für Nicht-Brillen-Träger besteht jedoch kein Brillenzwang.

D. Die wirkungsvollste Art. Der gute Ton verbietet eine genauere Darstellung.

Bundestags-Abgeordnete, die anläßlich von Duellen späte Anfälle von Humor erleiden, lassen den rechten Sinn für politische Auseinandersetzungen vermissen. Sie gefährden das Ableben ihres Gegners und untergraben den guten Ton. Duelle vor 3 Uhr morgens erfordern dunklen Anzug, nach 3 Uhr werden neuerdings Sakkos mit sportlicher Note bevorzugt.

Vom Schenken

Preisschilder neben den Gaben aufzustellen, gilt in gebildeten Kreisen als unfein. Man hat die Zahlen im Kopf, um sie gelegentlich ins Gespräch einzuflechten.

Merke: *Verschenke nichts, was du irgendwie selbst brauchen könntest.*

1

2

3

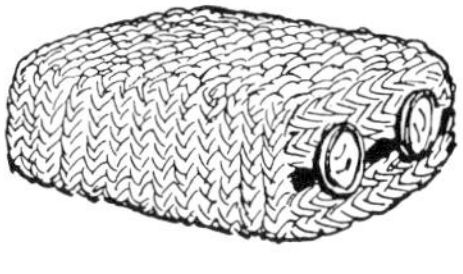

4

Kleine, selbstgearbeitete Geschenke sind, auch besonders unter Geschäftsleuten, ein erprobtes Mittel, herzliche Beziehungen zu festigen. Die obenstehende Auswahl mag einige Anregungen bieten:

1. Brieftasche und Portemonnaie, laubgesägt;
2. Pfeifenständer aus Backpflaumen;
3. Zigarettenkästchen aus Lebkuchen;
4. Ein gestricktes Streichholzschachtel-Etui zum Aufknöpfen.

In kinderreichen Familien bleiben Sie ein stets gern gesehener Gast, wenn Sie sich bei der Wahl Ihrer Mitbringsel von ausgeprägtem Gerechtigkeitssinn leiten lassen. Es gibt sonst Streit unter den Kleinen.

FALSCH

RICHTIG

Geheuchelte Begeisterung über sinnlose Geschenke erregt Mißtrauen. Nur durch Ehrlichkeit erwerben Sie sich Achtung und Bewunderung.

Einladungen und Gäste

Als Herrenreiter werden Sie stets zu den markantesten Gästen einer Abendgesellschaft gehören. Es gilt jedoch als ungebildet, in den Salon einzureiten. Jeder gutgeführte Haushalt wird in der Garderobe geschultes Personal bereitstellen, dem Sie das Tier überlassen können. Wer zum schwarzen Jackett ein braunes Pferd wählt, ist kein Herr oder farbenblind.

FALSCH

RICHTIG

Bestimmend für die Anzahl der Gäste sind Ihre Räume, nicht die Einkommensverhältnisse. Man muß jedoch in Betracht ziehen, daß eine zu große Leere sich hemmend auf die Gemütlichkeit auswirken kann.

Dieser Gastgeber (oben) verhält sich falsch, man gießt nur in fremden Wohnungen Bier ins Klavier. Der Herr im Vordergrund wird kaum wieder eingeladen. Er trägt eine schwarze Fliege zum Frack.

Auf dem Tanzparkett

Bei der Partnerwahl steht Sympathie erst an zweiter Stelle. Auch wenn der links gezeigte Herr Ihnen gern in die Augen sieht, hat er nicht so viel davon, wie Sie denken.

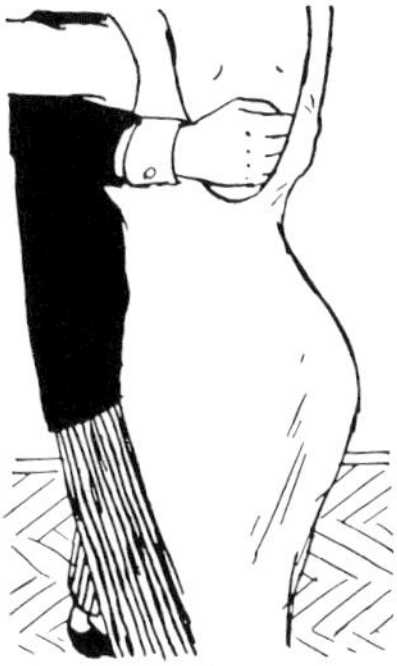

A

B

In der Frage, wo beim modernen Gesellschaftstanz die rechte Hand des Herrn zu liegen hat, gehen die Ansichten auseinander. Es kann jedoch so viel gesagt werden, daß es sich bei Abb. A um einen Mißgriff handelt, der unter Gebildeten als weder korrekt noch komisch gilt. Bei Abb. B ist mit Sicherheit anzunehmen, daß die Partner sich duzen.

Temperamentvolle Soloeinlagen lockern Abende auf, die förmlich zu werden drohen, und machen Sie bald zum beliebten Mittelpunkt gesellschaftlicher Veranstaltungen. Es ist anzuraten, Ihre Dame vorher von Ihrer Absicht zu informieren.

Vom Rauchen

1

2

Die scheinbar nebensächliche Geste des Feuergebens hat manche Salonkarriere vorzeitig beendet. Schon das Anreißen von Streichhölzern ist ein Kriterium des guten Geschmacks. Sollten Sie etwas warten müssen, wahren Sie Ihr Gesicht. Die Dame ist selbst schuld, wenn das Feuer ausgeht (1). Ein 20-Mark-Schein als Fidibus entlarvt Sie als Parvenu. Zehn Mark genügen (2).

Bei besonders guten Zigaretten empfiehlt es sich, Umsitzende am Rauchgenuß teilnehmen zu lassen.

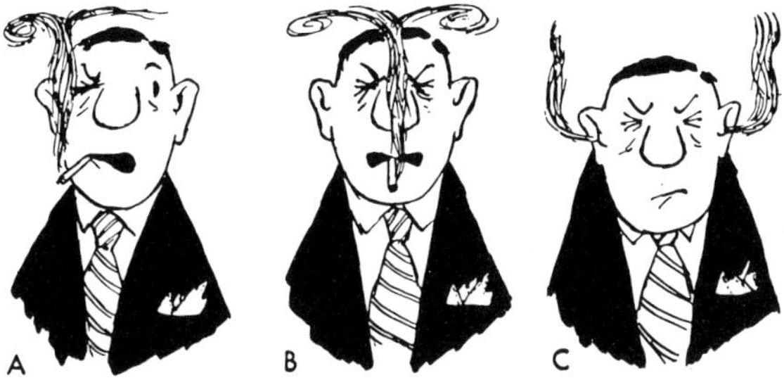

Die Abbildungen A und B erläutern Ihnen die beiden Möglichkeiten des Sprechens während des Rauchens. A hat gegenüber B den Vorteil des geöffneten Auges. Der auf Abbildung C gezeigte Herr verschluckt die Zigarette beim Lachen. 20 bis 25 frische Austern essen und ruhig bleiben.

Merke: *Nicht lachen beim Rauchen.*

Gesellschaftsspiele

Der mittlere Herr beherrscht weder die Regeln des Kartenspiels noch die Mischtechnik perfekt. Es empfiehlt sich, nur weiterzuspielen, wenn Sie dringend darum gebeten werden.

RICHTIG

FALSCH

Das Hervorzaubern von Tieren aus Zylinderhüten ist eine immer wieder dankbare Unterhaltung. Es empfehlen sich Kaninchen. Ungewöhnliche oder abstoßende Tiere wirken weder unterhaltsam noch niedlich.

Es gibt Gesellschaftskreise, in denen die dort stattfindenden Belustigungen nicht mit der äußeren Würde des Hauses zu vereinbaren sind. Von diesen gilt es, sich fernzuhalten, auch wenn Sie schwerwiegende geschäftliche Nachteile in Kauf nehmen müssen.

FALSCH

RICHTIG

Hohe Verluste beim häuslichen Roulettespiel veranlassen Verlierer häufig, den Bankhalter zu erschießen. Von dieser Unsitte kann nicht genug abgeraten werden. Als Gentleman treten Sie, um den Spielverlauf nicht zu stören, zwei Schritte vom Tisch zurück und erschießen sich dezent. Sonst werden Sie nie wieder eingeladen.

Die Hausangestellte

Nur unerfahrene Hausfrauen vergrämen ihre Angestellten durch kleinliche Vorhaltungen. Beweisen Sie vielmehr bei alltäglichen Mißgeschicken, wie wenig Ihnen an materiellen Dingen liegt, indem Sie sich freiwillig von weiteren liebgewordenen Stücken trennen.
Merke: *Hausangestellte unterscheiden sich von Porzellan dadurch, daß sie unersetzlich sind.*

Der lesenden Hausangestellten blickt die Dame des Hauses nicht über die Schulter, besonders nicht dann, wenn es sich um die eigene intime Korrespondenz handelt, deren Inhalt ihr ohnehin bekannt ist. Hausgehilfen, die lesen, beweisen lediglich geistiges Interesse.

FALSCH

Auch Gäste des Personals sollen sich in Ihren Räumen wohl fühlen. Es ist jedoch davon abzusehen, sie unaufgefordert zu bedienen. Das Mädchen könnte dieses Eindringen in ihren Wirkungskreis als aufdringlich empfinden.

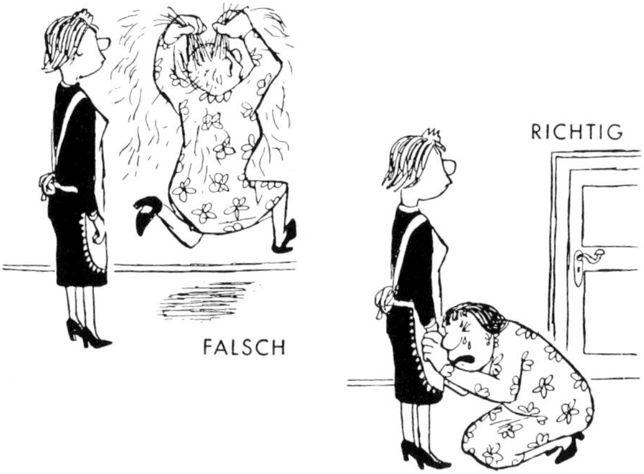

Bei Kündigungen durch das Personal ist es neuerdings üblich, sich in beschämender Hemmungslosigkeit dem Trennungsschmerz hinzugeben. Gerade dann sollten Sie Haltung bewahren, zumal Sie ja die Möglichkeit haben, in würdiger Form Ihren Tränen freien Lauf zu lassen.

Festliche Tage
Ostern

Trinkeier, die sich – obwohl an beiden Seiten vorschriftsmäßig geöffnet – nur mit äußerster Anstrengung aussaugen lassen, sind wahrscheinlich hartgekocht (oben links). Andererseits verhelfen auch rohe Eier nicht zum erwünschten Genuß, wenn sie versehentlich mit gewohnter Eleganz geöffnet werden (oben rechts). Um während der Feiertage Mißgriffe auszuschließen, sei das Studium der nebenstehenden Zeichnung empfohlen. Sie verdeutlicht die charakteristischen Merkmale eines harten (A), weichen (B) und eines rohen Eies (C).

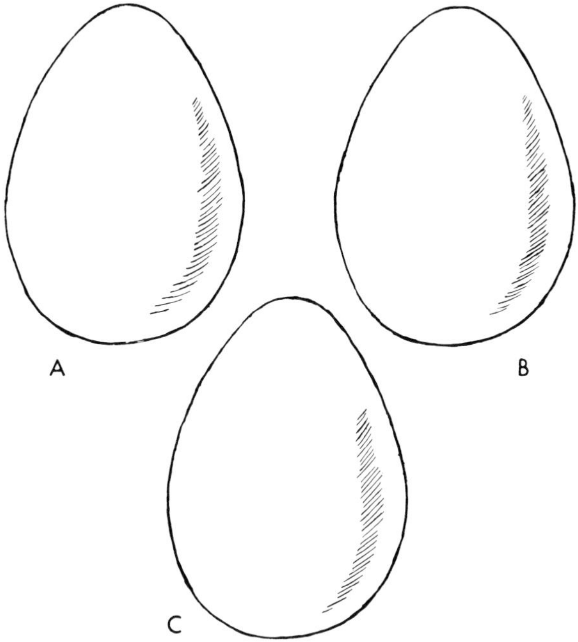
A
B
C

Frau Kruse (zweite von links) im Kreise einiger Lämmer. Die persönliche Gestaltung von Oster-Postkarten ist eine reizvolle Neuheit auf dem Gebiet festtäglicher Korrespondenz, die in jedem Bekanntenkreis Neid und Bewunderung auslöst.

Das Suchen von Eiern in geselligem Rahmen erfordert Takt und körperliche Gewandtheit. Auf den Abbildungen handelt es sich allerdings um Herren, die in diesem Hause schon mehrfach eingeladen waren und sich daher kleine Freiheiten erlauben dürfen.

FALSCH

RICHTIG

Kleinliche Auseinandersetzungen beim Auffinden österlicher Süßwaren sind würdelos und können durch entschiedenes Auftreten vermieden werden.

Hier wurde festliche Hochstimmung in einer Weise fehlgeleitet, die jeden Kenner gesellschaftlicher Formen überraschen muß. Zur Entschuldigung der gesetzwidrigen Handlungsweise des Unglücklichen mag angeführt werden, daß es sich um ein Pappei (sprich: Papp-Ei) von besonders luxuriöser Ausführung handelt.

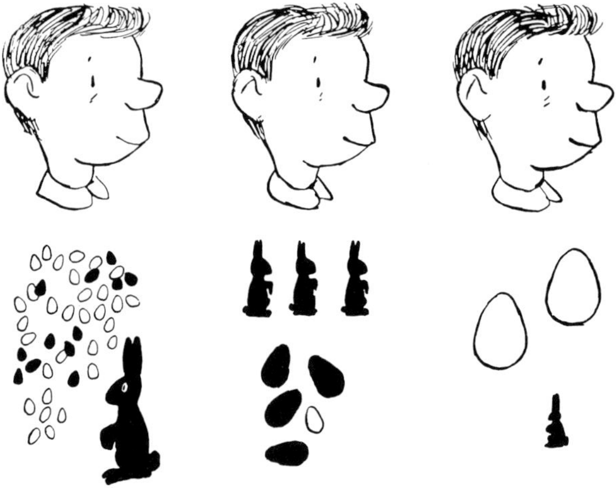

1 2 3

Kinder neigen zu Unmäßigkeit. Das abgebildete Schema will als Erziehungsstütze dienen, erhebt jedoch keinen Anspruch auf Vollständigkeit. Ein achtjähriger Knabe kann gleichzeitig im Munde haben:

42 kleine Zuckereier und einen großen Schokoladehasen

oder 4 Nougateier, ein Marzipanei und 3 mittlere Schokoladehasen

oder 2 hartgekochte Eier und einen ganz kleinen Schokoladehasen.

Wenn Sie in Ihrem Wohnzimmer überraschend auf den Osterhasen treffen, dann tun Sie am besten so, als sähen Sie ihn nicht! Er wird es Ihnen danken. *Bürger, schützt eure Osterhasen!*

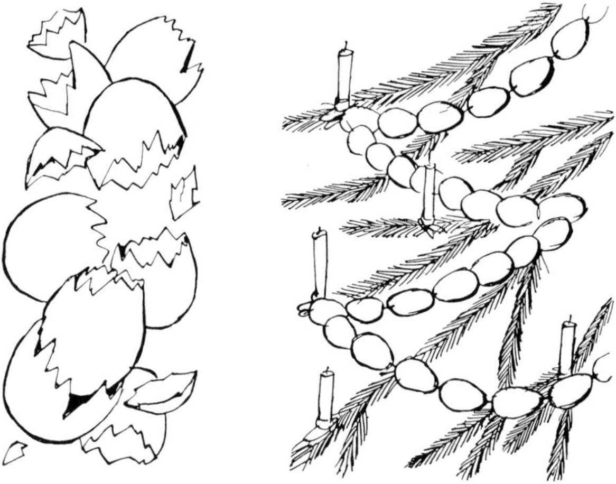

Zerbröselte Eierschalen sind Zeichen blinder Zerstörungswut (links). In kultivierten Familien werden Eier sauber ausgeblasen und zu entzückendem Weihnachtsschmuck verarbeitet (rechts).

Weihnachten

Lassen Sie niemanden merken, wenn der Baum brennt. Es ist ja nur einmal Weihnachten.

Silvester

Auch Silvesterfeiern berechtigen nicht zu groben Verstößen gegen den guten Ton. Feuerwerkskörper müssen auf die Größe des Raumes fein abgestimmt werden. Ob bei Detonationen der Herr oder die Dame vorauszufliegen hat, ist eine Frage des persönlichen Geschmacks, keinesfalls darf jedoch über den Daumen eingegossen werden.

Angesichts von Katastrophen sollte man es sich versagen, den Betroffenen ›Prost Neujahr‹ zuzurufen.

Eheringe nur in Notfällen zum Bleigießen verwenden. Sie benötigen Temperaturen zwischen 800 und 840 Grad Celsius.

Schweine über eine gewisse Größe werden nicht mehr als Glücksschweine angesehen. Während gehobene Kreise (links) häufig zu Übertreibungen neigen, beweisen Angehörige bescheidener Bildungsgruppen (rechts) gelegentlich ein feineres Stilgefühl.

Merke: *Ein großes Schwein ist schlimmer als viele kleine.*

Der Vorgesetzte

Es gibt keine eindeutigen Hinweise für das Benehmen während einer Rüge vom Vorgesetzten. Mit Sicherheit kann Ihnen jedoch abgeraten werden, sich nach Abb. 1 zu verhalten. Übertriebene Koketterie (Abb. 2) kann nachhaltige Schädigungen Ihres Selbstbewußtseins zur Folge haben. Von der Möglichkeit nach Abb. 3 sollten Sie nur in zwingenden Fällen Gebrauch machen. Abb. 4 zeigt den sparsamen Ausdruck des korrekten Untergebenen.

Humor sollte im Büro nicht zu kurz kommen. Während jedoch der rechts gezeigte Angestellte es an der nötigen Feinfühligkeit fehlen läßt, verhält sich der Angestellte links im Bilde richtig. Er erheitert, ohne zu verletzen.
Der Takt verbietet es, Vorgesetzte während der Bürozeit zu maßregeln.

Auch außerhalb der Dienststunden ist Vorgesetzten der nötige Respekt entgegenzubringen. Unter gewissen Umständen sollten in Lokalen Familien-Angehörige dem Chef nicht vorgestellt werden.

Der Einbrecher

Vor dem Entschluß zu rohen Maßnahmen sollte man sich vergewissern, ob es sich nicht um einen Bekannten und dessen scherzhaften Einfall handelt.

Einbrecher mit verletztem Schamgefühl sind von großer Gefährlichkeit. Der drohende Verlust von Privateigentum berechtigt nicht zum Auftritt in unkorrekter Kleidung. Zur Beachtung: Ungeladene Revolver büßen erheblich an Treffsicherheit ein.

Die Unsitte, Einbrecher zu erschrecken, ist nicht nur unschicklich, sie führt auch häufig zu psychischen Schäden der Erschreckten und kann in schweren Fällen dauernde Berufsuntauglichkeit zur Folge haben.

Merke: *Einbrecher sind Menschen wie Sie und ich.*

FALSCH

AUCH FALSCH

Auch bei weiblichen Einbrechern gelten die besprochenen Grundsätze. Darüber hinaus entfallen die sonst Damen gegenüber gebräuchlichen Umgangsformen.

II. KAPITEL

Draußen

Das Verhalten von Herren zu Damen

Damen wollen umworben sein. Links im Bilde: Artigkeiten vergangener Tage, die durch ihre Einfallslosigkeit überraschen. Unmißverständliche Sympathie dagegen zeigt sich im Verhalten des Herrn rechts. Tatkraft gepaart mit Phantasie ist eines der vornehmsten Merkmale des Kavaliers alter Schule.
(Beachten Sie den Ausdruck glücklichen Stolzes im Auge der Dame.)

Damen neigen, besonders bei längerem Stehen in überfüllten Verkehrsmitteln, zu Schwächeanfällen. Zeigen Sie freundliche Anteilnahme und lagern Sie den Kopf der Betroffenen hoch. Während der Vorfall auf den vierten Herrn von links seinen Eindruck nicht verfehlt, hat sich der Nachbar durch falschverstandene Diskretion seinen Ruf als Gentleman verscherzt.

Damen sind in zwei Situationen auf männliche Hilfe angewiesen. Herren von Format beweisen durch schnelles Zugreifen, daß Ritterlichkeit für sie nicht nur ein leeres Wort ist.

Im Automobil

Der Sinn für Naturschönheiten und ähnliches ist bei Besitzern von Kraftfahrzeugen stark ausgebildet. Weisen Sie daher während der Fahrt unverzüglich auf Sehenswürdigkeiten aller Art hin. Das wirkt höflich und verkürzt die Fahrzeit.

Autofahrer sind Feinde unnützer Worte. Greifen Sie ohne Umschweife ins Steuer, wenn kleine Korrekturen an der Fahrweise erforderlich sein sollten. (Nimm Rücksicht auf schlafende Fahrer!)

A

B

Auch die Dame hat sich ihren Platz im Motorsport erobert. Man weiß sie als Beifahrerin zu schätzen, wenn sie mit weiblicher Umsicht den Kraftstoff überwacht (A) und stets für ein wenig frisches Grün im Wagen sorgt (B).

Picknick im Walde

Wer sich im Walde wie zu Hause benimmt, beweist die Oberflächlichkeit seiner Kinderstube. Decken Sie daher mit schlichter Sorgfalt, der Würde Ihrer Umgebung angepaßt.

Immer wieder herrscht Unklarheit über das korrekte Sitzen bei den Mahlzeiten in Wald und Feld. Nebenstehend die gegenwärtig üblichen Haltungen.

A. Hock-Stellung: Erfordert schnelles Essen, da eine frühzeitige Ermüdung der Kniegelenke zu befürchten ist.
B. Die zwar elegante, aber von vielen als ungesund empfundene Bauchlage.
C. Die Rückenlage wird seit neuestem vernachlässigt, da sie den Anschein von Unmäßigkeit erweckt.
D. Diese Art hat sich allgemein durchgesetzt. Sie gilt als bequem und fein.

A

B

C

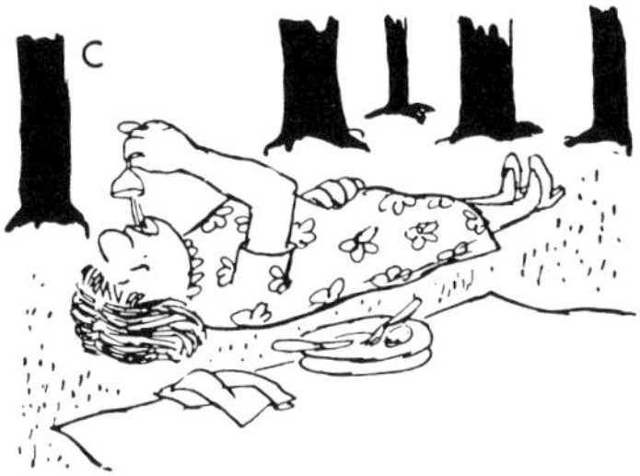

D

Das umständliche Vergraben von Abfällen nach der Mahlzeit stört den harmonischen Ausklang des Picknicks. Eierschalen, Flaschen, Papier etc. verbleiben an Ort und Stelle, um nachfolgende Naturfreunde an Stunden natürlicher Entspannung zu erinnern und zur Nachahmung anzuregen.

Merke: *Nur Hunde vergraben Speisereste.*

Im Hotel

Wer im Zweifel ist, ob er sich im richtigen Hotelzimmer befindet, unterziehe das vorgefundene Gepäck einer kurzen Durchsicht, bevor er sich gewaltsam Zutritt in das belegte Bett verschafft. Oft weisen schon Kleinigkeiten auf einen Irrtum hin und bewahren vor mißlichen Fehlgriffen.

Nach 22 Uhr sind Damenbesuche auf dem Zimmer untersagt. Eine Ausnahme bildet das gemeinsame Betrachten von Briefmarkenalben, die zu diesem Zweck bei der Anmeldung in ausreichender Zahl entliehen werden können.

EINST

JETZT

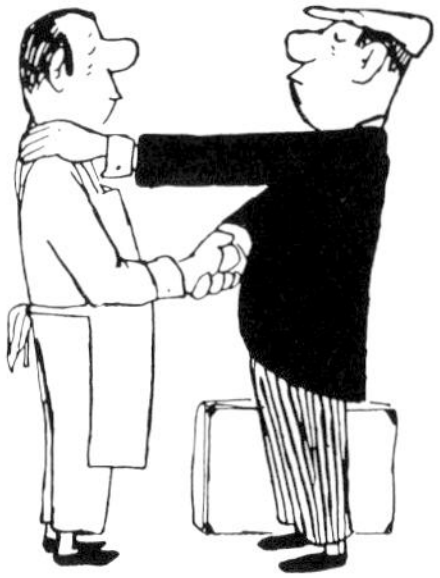

Die Unsitte des Trinkgeldgebens hat erfreulicherweise einer würdigeren Form Platz gemacht. Drücken Sie dem Personal die Hand, jedem fest ins Auge sehend, und finden Sie ein aufrichtiges Wort des Dankes, dann wird man Sie nie vergessen.

Auf Reisen im Ausland

Vornehmster Wunsch des Touristen ist es, nicht als solcher erkannt zu werden. Während der Herr links durch konservative Reiseausstattung vorzeitig sein Inkognito preisgibt, hat sich der Herr rechts ebenso unaufdringlich wie geschickt der landesüblichen Kleidung angepaßt.

RICHTIG

Häufig führt schamloses Umherstarren zu Differenzen mit der Bevölkerung. Man besinne sich auf seine Rolle als Gast und halte den Blick stets bescheiden in den Sucher des Photoapparates gesenkt.

Mit Fotos aus dem Familienalbum werden Sie schnell die Herzen der Einheimischen erobern. Auch wird die Tatsache interessieren, daß Sie sich anläßlich eines früheren Aufenthaltes, nämlich im Jahre 1940, schon einmal besonders wohl im Lande gefühlt haben.

Auf Wein, Weib und Gesang haben Sie bei Pauschalreisen in den Süden unseres Kontinents bekanntlich ein Anrecht. Sollten Sie dennoch auf Schwierigkeiten stoßen, rettet ein derbes Scherzwort mit Sicherheit den erwünschten Frohsinn.

In wohltemperierten Ländern werden beim Besuch von Museen, Galerien etc. immer noch Möglichkeiten echter Entspannung ungenutzt gelassen. Verzichten Sie an Stätten innerer Einkehr auf überflüssige Kleidungsstücke, um in den Genuß der dort herrschenden Kühle zu kommen.

Merke: *Erschöpfte Touristen bieten einen deprimierenden Anblick.*

Auf Höhepunkten der Reise, wo man erfahrungsgemäß stets einige Landsleute finden wird, sollte man in dankbarer Freude mit einem Liede des Vaterlandes gedenken. Das wird nie seinen Eindruck verfehlen. *Vorschlag:* ›Warum ist es am Rhein so schön…‹

Falls Sie an Kulturstätten Ihr Monogramm zu hinterlassen wünschen, bedenken Sie, daß eine nur oberflächlich angebrachte Inschrift im Laufe der Jahrhunderte unleserlich zu werden droht.

Sachregister